JEAN DE BRUNHOFF

LE VOYAGE de BABAR

Nouvelle Collection Babar . Hachette

Imprimé en France par I.M.E. - 25110 Baume-les-Dames
Dépôt légal n° 74026 - juin 2006
22-11-0227-27/3
ISBN : 2-01-002518-0
Loi n° 49-956 du 16 juillet 1949 sur les publications
destinées à la jeunesse

Babar le jeune roi des éléphants
et sa femme la reine Céleste
viennent de partir en ballon
pour faire leur voyage de noces.
"Au revoir ! A bientôt !"
crient les éléphants
en regardant le ballon qui s'éloigne.
Arthur, le petit cousin de Babar,
agite encore son béret.
Le vieux Cornélius, qui est le chef des éléphants
quand le roi n'est pas là, pense inquiet :
"Pourvu qu'il ne leur arrive pas d'accident !"

Le pays des éléphants est loin maintenant.
Sans bruit le ballon glisse dans le ciel.
Babar et Céleste regardent le paysage.
Quel beau voyage !
L'air est doux, le vent léger.
Voilà la mer, la grande mer bleue.

Poussé par le vent
le ballon
brusquement
tempête.
tremblent et
de toutes leurs forces
Le ballon allait
quand, par une chance
un dernier
le jette
où il s'aplatit,
"Tu n'es pas blessée ?
à Céleste. Non!
nous sommes

Laissant le ballon abîmé sur la plage,
se mettre à l'abri. Ayant trouvé
enlevé leurs habits mouillés.
sur une corde. Babar allume
"La soupe au riz est cuite à point,

Babar et Céleste
ne se trouvent
pas si mal
sur cette île ,
mais ils s'aperçoivent
vite qu'elle est
complètement
déserte.
Comment faire
pour partir d'ici ?

en pleine mer
est surpris
par une violente
Babar et Céleste
se cramponnent
à la nacelle.
tomber dans l'eau
extraordinaire,
coup de vent
sur une île
dégonflé.
demande Babar
Eh bien, regarde,
sauvés ! »

Babar et Céleste sont partis sac au dos
un coin tranquille, ils ont vite
Céleste les fait sécher
un bon feu et prépare le déjeuner.
dit-il. Hmmm ! j'ai fort bon appétit. »

Juste à ce moment
une baleine
sort de l'eau
pour respirer.
Babar lui raconte
leur accident
et lui dit :
« Madame la baleine
pouvez-vous
nous aider ? »

La baleine est très contente de leur rendre service : "Montez sur mon dos, leur dit-elle, je vous déposerai où vous voudrez. Attention, je pars !"

Sans habits, sans bagages, Babar et Céleste poursuivent leur voyage. Un jour plus tard, ils se reposent sur un récif. "Je vais croquer quelques petits poissons, dit la baleine, je reviens dans une minute". La baleine n'est pas revenue. Elle a oublié ses nouveaux amis. C'est une étourdie.

"Qu'allons-nous devenir ?" dit Céleste en pleurant. Après des heures sur le petit rocher, ils voient passer enfin un grand bateau ! Ils appellent et font des signaux avec leur trompe. On les a vus. Un canot les recueille.

Une semaine plus tard, le gros bateau

entre lentement dans un grand port.

Tous les
descendent
Les uns cherchent
qui les
sur le quai
pensent à
en débarquant.
ont oublié
Babar
voudraient
mais ils ne

Comme ils ont perdu leurs couronnes pendant
qu'ils étaient roi et reine des éléphants, et
dans l'écurie. "On nous couche sur la paille
comme des ânes ! La porte est fermée à clef. J'en ai assez
J'entends du bruit : c'est le commandant qui vient.

"Voilà
mes éléphants,
dit le commandant
au célèbre
dompteur
Fernando
qui l'accompagne.
Je ne peux pas
les garder
dans mon bateau.
Je vous les donne
pour votre cirque."
Très content,
Fernando
le remercie.

passagers
à terre.
leurs amis
attendent
Les autres
ce qu'ils feront
Tous
les éléphants.
et Céleste
aussi quitter le navire
peuvent pas.

la tempête, personne n'a voulu croire
le commandant du bateau les a fait enfermer
crie Babar en colère. Nous mangeons du foin
je vais tout casser. —Tais-toi, je t'en prie, dit Céleste.
Soyons sages pour qu'il nous laisse sortir. »

Il emmène
ses deux
nouveaux
élèves.
"Patience,
Babar,
murmure
Céleste.
Nous ne resterons pas
dans ce cirque,
nous reverrons
notre pays,
Cornélius
et le petit
Arthur."

Justement,
au pays des éléphants,
Arthur a eu une mauvaise idée.
Le rhinocéros Rataxès
faisait tranquillement sa sieste :
alors, sans le réveiller,
il lui a attaché un gros pétard à la queue.
Le pétard éclate avec un bruit terrible
et Rataxès saute en l'air.
Arthur, le garnement,
rit si fort qu'il étouffe presque.
C'est une très vilaine farce.

Rataxès est furieux.
Cornélius, très ennuyé, va le trouver et dit :
" Mon cher ami, je suis désolé.
Arthur sera sévèrement puni ;
il vous demande pardon.
— Va-t'en, vieux Cornélius, grogne Rataxès.
Ne me parle pas de ton galopin d'Arthur.
Ah ! Vous vous êtes moqués de moi !
Vous aurez bientôt de mes nouvelles ! "
" Que va-t-il faire ? se demande Cornélius.
Je ne suis pas tranquille : il est méchant.
Ah ! si seulement Babar était là ! "

Mais Babar est maintenant au cirque Fernando

et joue de la trompette pour faire danser Céleste.

Un jour le cirque arrive dans la ville
où Babar, quand il était petit,
a rencontré son amie la vieille dame.
Alors, la nuit, quand Fernando est couché,
il se sauve avec Céleste
pour aller la revoir, car il ne l'a pas oubliée.

Babar retrouve facilement la maison.
Il sonne à la porte.
La vieille dame réveillée
met sa robe de chambre, sort sur son balcon
et demande : " Qui est là ?
— C'est nous," répondent Babar et Céleste.

La vieille dame
heureuse ! Elle
Babar qu'elle ne les
sont bien
Ils ne retourneront
bientôt ils
Arthur et
La vieille dame
une chemise
et un pyjama.
Tous deux viennent

Ils déjeunent au lit, car ils sont encore bien
Au cirque, on s'est aperçu de

"Au voleur !
On m'a pris
mes éléphants !"
crie
Fernando
désolé.
" Petits !
eh ! Petits !
Où vous
cachez-vous ?"
répètent
les clowns
en les cherchant
partout.

est tellement
avait bien cru
reverrait jamais.
et Céleste
contents aussi.
plus au cirque;
embrasseront
Cornélius.
a donné
à Céleste
à Babar.
de se réveiller.

fatigués par toutes leurs aventures.
la fuite de Babar et de Céleste.

Les voilà
qui partent
en auto
pour la gare,
avec la vieille dame.
Ils ont besoin
de se reposer
avant
de s'en aller
au pays
des éléphants.
Ils vont
à la montagne
faire un peu de ski.

Babar
ont rangé
et sont revenus
la vieille dame.
retrouvé
Babar s'écrie:
- Hélas! répond
les rhinocéros
déclaré
Ils sont venus

« Ils voulaient attraper Arthur pour en faire
défendu ce petit, mais les rhinocéros nous ont battus.
— Quelle triste nouvelle! dit Babar, mais
La vraie guerre, c'est dangereux.
Céleste et la vieille dame les soignent
a l'habitude; elle a déjà été infirmière.
soldats guéris rejoindre l'armée des

Voilà le camp
des rhinocéros.
Rataxès dit
au général
Pamir:
" Nous allons
tirer les oreilles
du jeune Babar
et punir
ce galopin
d'Arthur."

et Céleste
leurs skis
chez eux avec
Ayant enfin
les éléphants,
"Que se passe-t-il ?
Cornélius,
nous ont
la guerre.
avec Rataxès.

de la chair à pâté. Nous avons bravement
Nous ne savons pas comment les chasser.
ne perdons pas courage."
Beaucoup d'éléphants ont été blessés.
avec dévouement. La vieille dame
Babar est parti avec Cornélius et quelques
éléphants. Une grande bataille se prépare.

Voilà le camp
des éléphants.
Babar a
une bonne idée,
il déguise
ses soldats :
il leur peint
la queue en rouge
et, près de la queue,
de gros yeux
effrayants.

Le jour de la bataille, au bon moment,
les éléphants déguisés sortent de leur cachette.
Le stratagème de Babar réussit.

Les rhinocéros croient voir des monstres,
ils sont terrifiés et s'enfuient en désordre.
Le roi Babar est un grand général.

Les rhinoceros sont loin et courent encore.
Pamir et Rataxès sont prisonniers ;
honteux, ils baissent la tête.
Quel beau jour pour les éléphants !
Tous ils crient : " Bravo, Babar, bravo !
Victoire ! Victoire !
La guerre est finie ! Ah ! Quel bonheur ! »